Vente du Samedi 18 Février 1882.

HOTEL DROUOT, SALLE N° 6.

TABLEAUX

ESQUISSES, ÉTUDES, DESSINS

Par feu H. MORRIS

ARTISTE-PEINTRE

FAIENCES, PORCELAINES, GRÈS, BRONZES
MEUBLES, TAPISSERIES

Garnissant son atelier

TABLEAUX ET DESSINS PAR DIVERS

EXPOSITION PUBLIQUE

LE VENDREDI 17 FÉVRIER 1882,

de 1 heure à 5 heures.

COMMISSAIRE-PRISEUR	EXPERT
Mᵉ HENRI LECHAT	M. HENRI PILLET
6, rue Baudin	83, rue Lafayette.

CATALOGUE

DE

TABLEAUX

ÉTUDES, ESQUISSES ET DESSINS

PAR FEU H. MORRIS

ARTISTE-PEINTRE

ET DES FAIENCES, PORCELAINES, GRÈS, BRONZES, LIVRES

MEUBLES ET TAPISSERIES

QUELQUES TABLEAUX ET DESSINS PAR DIVERS

Garnissant son atelier

DONT LA VENTE AURA LIEU

HOTEL DROUT, SALLE N° 6

Le Samedi 18 Février 1882,

à deux heures

Par le ministère de M° HENRI LECHAT, Commissaire-Priseur,

6, rue Baudin (square Montholon) ;

Assisté de M. HENRI PILLET, Expert, 83, rue Lafayette.

Chez lesquels se trouve le présent Catalogue

EXPOSITION PUBLIQUE : LE VENDREDI 17 FÉVRIER 1882

De 1 heure à 5 heures.

CONDITIONS DE LA VENTE

La vente sera faite au comptant.

Les adjudicataires payeront *cinq pour cent* en sus des enchères.

L'exposition mettant le public à même de se rendre compte de l'état des objets, il ne sera admis aucune réclamation une fois l'adjudication prononcée.

Paris. — Typ. Pillet et Dumoulin, 5, rue des Grands-Augustins.

DÉSIGNATION DES TABLEAUX

1 — Le château Gaillard au petit Andely.

Haut., 78 cent.; larg., 1 m. 30 cent.

2 — Les Grèves de la Seez, ~~au petit Andely~~ près le montSaint-Michel.

Haut., 78 cent.; larg., 1 m. 30 cent.

3 — Ferme aux environs de Liverpool.

Haut., 78 cent. ; larg., 1 m. 30 cent.

4 — Route de Mignaux près Poissy.

Haut., 52 cent.; larg., 82 cent.

5 — Vue du mont Valérien, prise de la Seine.

Haut., 36 cent. ; larg., 57 cent.

6 — Le Tambour de ville.

Haut., 26 cent.; larg., 34 cent.

7 — Bords de la Seine près Poissy.

Haut., 21 cent.: larg., 35 cent.

8 — L'Abreuvoir à Poissy.

Haut., 16 cent.; larg., 33 cent.

9 — Le Désert à Aigremont (Seine-et-Oise).

Haut., 29 cent.; larg., 41 cent.

10 — La Porte Saint-Nicolas, à Cagnes (Alpes-Maritimes).

Haut., 32 cent ; larg., 24 cent.

11 — Le Barrage à Mignaux, bords de la Seine.

Haut., 28 cent.; larg., 41 cent.

12 — Pêcheuses raccommodant leurs filets, près Cagnes (Alpes-Maritimes).

Haut , 24 cent.; larg., 45 cent.

13 — Intérieur de cour dans les Hautes-Alpes.

Haut., 33 cent. ; larg., 21 cent.

14 — Intérieur d'une maison à Poissy.

Haut., 34 cent.; larg., 42 cent.

15 — Environs de Cagnes.

Haut., 25 cent.; larg., 45 cent.

16 — Bouquet d'Aubépines.

Haut., 32 cent.; larg., 25 cent.

17 — Vue des Alpes.

Haut., 22 cent.; larg., 34 cent.

18 — Le Cros de Cagnes.

Haut., 16 cent.: larg., 33 cent.

19 — Effet de neige.

Haut., 21 cent.: larg., 27 cent.

20 — Bords de la Seine près Poissy.

Haut., 13 cent.; larg., 20 cent.

21 — Portrait de Murillo.

Haut., 22 cent.; larg., 19 cent.

22 — Vue prise sur la Seine.

Haut., 13 cent.; larg., 20 cent.

23 — La Seine près Poissy.

Haut., 61 cent.; larg., 50 cent.

24 — Vase de fleurs.

Haut., 46 cent.; larg., 38 cent.

24 *bis* — Faisan (nature morte).

Haut., 46 cent.; larg., 33 cent.

25 — Faisan et Vase sur une table. (Nature morte.)

Haut., 51 cent.; larg., 63 cent.

26 — La Méditerranée, près Cagnes, soleil cou-
chant.

Haut., 22 cent.; larg., 37 cent.

27 — Pivoines dans un pot en grès de Flandre.

Haut., 46 cent., larg., 38 cent.

28 — Bords de la Seine près Poissy.

Haut., 18 cent. ; larg., 32 cent.

29 — Deux Marines.

30 — Mer houleuse.

Haut., 37 cent.; larg., 45 cent.

31 — Les Bords de la Seine à Carrières-sous-
Poissy.

Haut., 27 cent.; larg., 40 cent.

32 — Coucher de soleil sur la Seine.

Haut., 27 cent.; larg., 17 cent.

33 — Coucher de soleil dans le petit bras à
Poissy.

Haut., 27 cent.; larg., 40 cent.

34 — Vue prise sur le pont de Poissy.

Haut., 32 cent.; larg., 23 cent.

35 — Bords de la Seine.

Haut., 19 cent.; larg., 41 cent.

36 — Vue prise en Provence.

Haut., 33 cent. ; larg., 23 cent.

37 — Bouquet de fleurs dans une cruche en grès.

Haut., 32 cent.; larg., 24 cent.

38 — Les Bords de la Seine, près Poissy, le soir.

Haut., 16 cent.; larg., 27 cent.

39 — Pivoines dans une jardinière en faïence.

Haut., 34 cent.; larg., 50 cent.

40 — Enfants turcs jouant.

Haut., 13 cent.; larg.,

41 — Falaises près Cagnes.

Haut., 20 cent.; larg., 33 cent.

42 — Bouquets de fleurs.

Haut., 36 cent.; larg., 28 cent.

43 — Bouquets de fleurs dans un pot en faïence.

Haut., 32 cent. ; larg., 24 cent.

44 — La Méditerranée près Cagnes. (Mer houleuse.)

Haut., 24 cent.; larg., 40 cent.

45 — Le petit Bras de la Seine à Poissy.

Haut., 23 cent.; larg. 32 cent.

46 — Retour des Pêcheurs près Cagnes (Alpes-
Maritimes).

Haut., 20 cent.; larg. 33 cent.

47 — Marine. Bateau de pêche en pleine mer.

Haut., 19 cent.: larg. 32 cent.

48 — Village en Normandie

Haut., 34 cent.; larg. 22 cent.

49 — Vue prise sur la Seine aux environs de
Paris.

Haut., 18 cent.; larg. 44 cent.

50 — Falaises sur les côtes de Normandie.

Haut., 22 cent.; larg. 40 cent.

51 — Vue prise de la Méditerranée aux environs
de Cagnes.

Haut., 21 cent.; larg, 35 cent.

52 — Port de mer en Normandie.

Hau'., 00 cent.; larg. 00 cent.

53 — La Méditerranée près Cagnes (Alpes-Maritimes).

Haut., 21 cent.: larg. 32 cent.

54 — Poissons dans un plat. — Oiseaux morts
placés sur une table, deux pendants.

55 — Bords de la Seine.

56 — Environs de Poissy.

Haut., 18 cent.; larg. 32 cent.

57 — Le petit Bras de la Seine à Vilaine.

Haut., 24 cent.; larg. 32 cent.

58 — La Seine près Vernon.

Haut., 23 cent.; larg. 34 cent.

59 — Cour de ferme en Normandie.

Haut., 34 cent.; larg. 21 cent.

60 — Un Champ de blé.

Haut., 22 cent.; larg. 35 cent.

61 — Forêt de Saint-Germain près Conflans.

Haut., 27 cent.; larg., 46 cent.

62 — Route à travers champs en Normandie.

Haut., 18 cent.; larg., 27 cent.

63 — Coucher de soleil sur les côtes normandes.

Haut., 24 cent.; larg., 40 cent.

64 — Pâturage en Normandie.

Haut., 27 cent.; larg., 40 cent.

65 — Campagne normande.

Haut., 27 cent.; larg., 40 cent.

66 — Coucher de soleil.

Haut., 24 cent.; larg., 40 cent.

67 — Ferme près d'une mare.

Haut., 36 cent.; larg., 20 cent.

68 — La Moisson.

Haut., 22 cent.; larg., 44 cent.

69 — La Seine, le soir, près Poissy.

Haut., 16 cent.; larg., 26 cent.

70 — Ferme en Normandie.

Haut., 16 cent.; larg., 26 cent.

71 — Bateaux de pêche, à marée basse.

Haut., 19 cent.; larg.; 32 cent.

72 — Le lit de la Séez près d'Avranches.

Haut., 24 cent.; larg., 32 cent.

73 — Côtes de Normandie.

Haut., 21 cent.; larg., 33 cent.

74 — Marine.

Haut., 20 cent.; larg., 26 cent.

75 — La Seine aux environs de Paris.

Haut., 21 cent.; larg., 27 cent.

VOLLON

76 — Les bords de la Seine, le soir.

Haut., 29 cant.; larg., 40 cent.

77 — Bateau de pêche. — Dessin.

DALIPHARD

78 — Une Lande. — Dessin.

79 à 84 — Divers tableaux, Esquisses, Etudes et Dessins.

DÉSIGNATION DES OBJETS

FAIENCES, PORCELAINES

OBJETS DIVERS

85 — Fontaine applique et son bassin cintré en faïence de Rouen, décor polychrome, à sujet de fleurs et ornements.

86 — Fontaine applique en faïence de Rouen, décor polychrome, à sujet de fleurs et ornements.

87 — Fontaine applique et son bassin en faïence d'Allemagne émaillée en blanc.

88 — Jardinière en faïence de Rouen à décor bleu, sujets de fleurs et d'ornements.

89 — Petite jardinière en faïence de Rouen, polychrome, décorée de fleurs en bleu et rouille.

90 — Trois petites jardinières en faïence de Rouen, décors bleus.

91 — Pot à anse en faïence française à décor de
fleurs.

92 — Petit encrier en faïence de Rouen, décor
polychrome.

93 — Deux cornets en faïence de Delft à décor
bleu.

94 — Cornet en faïence de Delft, en bleu.

95 — Deux assiettes en faïence de Marseille, décors de fleurs.

96 — Douze assiettes en faïence de diverses fa-
briques. Ce lot sera divisé.

97 — Douze assiettes en faïence de Rouen à décor polychrome et faïences françaises, à
décors de fleurettes et d'oiseaux. Ce lot sera
divisé.

98 — Deux assiettes en faïence de Rouen dites à
la Corne.

99 — Deux assiettes en faïence de Delft en couleur.

100 — Dix assiettes et plats en faïence de Delft, à
décors d'ornements bleus. Ce lot sera divisé.

101 Cinq assiettes en faïence de Delft, décor polychrome.

102-104 — Sept plats en faïence de diverses fa-
briques, décors polychromes.

105-107 — Sept plats en faïence de Rouen et de
Delft, décors bleus.

108 — Pot à anse en grès de Flandre émaillé
bleu, couvercle en étain.

109 — Pot à anse en grès, émaillé bleu orné de
médailles en relief.

110 — Pot en grès même décor que le précédent.

111 — Pot en grès orné d'émaux en couleur.

112 — Pot en grès et son couvercle, fond bleu, à
décor d'oiseaux et d'arabesques.

113 — Petite bouteille à anse en grès, fond bleu,
décor de fleurs.

114 — Petit vase, forme balustre, en bronze japonais.

115 — Petit brûle-parfums à trois pieds, en bronze
japonais.

116 — Petit pilon en cuivre et son mortier, décoré de fleurs de lis.

117 — Petite fontaine applique en cuivre repoussé, portant au centre des armoiries.

MEUBLES

118 — Meuble à deux corps de style Renaissance, en bois sculpté, la partie inférieure formant tabernacle, et la partie supérieure figurant un dressoir supporté par deux cariatides.

119 — Grande Bibliothèque de style gothique, en bois sculpté, le corps inférieur à portes pleines, le corps supérieur à portes vitrées.

120 — Commode Louis XV en bois de rose, décorée de bronzes, et dessus en marbre griotte.

121 — Table à entrejambes en bois sculpté.

122 — Pendule et son socle en vernis de Martin, incrustés de cuivre, et ornés de bronzes rocaille. Époque Louis XV.

TAPISSERIES

123 — Tapisserie verdure encadrée de vases de fleurs, d'urnes et d'ornements.

Haut., 2 m. 60 cent.; larg., 2 m. 30 cent.

124 — Deux portières verdure avec bordures d'oiseaux.

125 — Tapisserie verdure, encadrée d'une bordure avec fleurs et feuillages.

Haut., 2 m. 70 cent.; larg., 2 mètres.

126 — Grande tapisserie verdure avec bordure composée de fleurs et de fruits.

127-129 — Trois tapisseries verdure.

130 — Un lot de bordures.

131 — Environ 120 volumes Voltaire, Viollet-le-Duc, *Dictionnaire des Peintres*, etc., etc.

132 — Sous ce numéro seront vendus les objets non compris au catalogue.